전쟁과 평화가 있는 내 부엌

민음의 시 ● 311

전쟁과 평화가 있는 내 부엌

신달자 시집

민음사

자서(自序)

정신을 고급으로 아꼈다. 정신이 말을 안 들어도 몸을 낮췄다. 그래서 내 것인데 내 말을 잘 안 듣는 육신이 미운 적 있다. 육신이 정신을 앞지르는 나이에 이르러 쇠한 육신에게 미안해한다. 이 시집은 내 몸과 앓는 몸을 가진 분들에게 건네는 위로의 시집이다.

2023년 4월
신달자

차 례

1부

책을 듣다

손끝과 발가락 끝으로 형체 없음이 지나가요

지나가고 있어요 지나가는 걸 느껴요

처음엔 울림이 내 몸을 두드리고

그 두드림이 더 깊이 몸속으로 흘러 들어가고

지금은 울림마저 다 놓아 버리고 그냥 느껴요

느낌도 지워 버려요

다만 귀만 열어요 종이 언어 언어의 그림자 행간

두드림 소나기 의문 공감의 너울에 귀 기울여 봐요

태반에서 지금 이 순간까지의 길이 확 뚫려요

들려요 그 리듬으로 내면으로부터 세상까지의 길이 보

여요

생은 경청으로 더 더 넓어져요 귀는 더 소곳해지지요

들으면 보여요 보이면 살아나요

다 내리고 다 가지면

손끝 발끝의 착지에 힘이 가요

몸이 따뜻해져요.

전쟁과 평화가 있는 내 부엌

놀라지 마세요
내 부엌에는 물과 불이 있어요
얼음과 숯불과 영하 20도와 영상 20도가 살아요
58도의 독한 술과 13도의 순한 술이 있어요
냉동고에는 치미는 분노와 살인적 치욕이 멈춘 채 정지
되고
　세상에 새면 안 되는 일급비밀이 급냉동되어 무표정하
게 굳어 있고
　하나의 서랍엔 비상약이 수북하게 약 주인을 향해 위협
적으로 수군거리고
　한 주먹 털어 넣으면 영원한 안식으로 가는 약이 밤마
다 눈인사를 하고

다섯 개의 칼이 번뜩거리며 용도를 기다리고
한 방이면 돌도 깨어지는 쇠뭉치 방망이가 있고
잘게잘게 찢을 수 있는 날선 가위가 세 개
쇠구멍도 뚫을 수 있는 장비가 다섯 개

이름도 예쁜 레몬에이드 주방 세제의 거품은 저를 닦진

못하고

페녹시 에탄올 구연산 나트륨은 내 밥그릇에 얼룩을 남길 것 같고

늘 물이 끓고 있어요

어쩌다 기름이 끓기도 하지요 굵은소금이 슬쩍 쳐다봐요

산 생선이 금방이라도 푹 익는 300도의 끓는 물

가축 뼈를 우려내 밤새 우려내 그 물을 마시면서

쌀도 푹 익혀 잘게잘게 씹어 먹는 내 부엌

누르면 불이 되는 인덕션 옆에는 뼈도 가루가 되는 믹서기가 돌지만

공포와 두려움은 없어요 잘 길들여져

평화롭게 먹고 마시는 내 부엌

이런 게 삶?

전쟁 공부에서 많이 보았던 풍경?

박수근 화백의 엽서 속 소가 보는 앞에서 소고길 잘게잘게 다지는 도마 위

밥이 다 되면 전기솥에서 푸우욱 치솟는 연기가

극초음속 마하 10 탄도 미사일이라고 생각하는

이 전쟁의 핵심은 오늘도 먹는 일

먹을 걸 만드는 일

밤늦도록 평화로운 공포 속

어둠 내리면 붉은 태양 같은 따뜻한 불이 켜지는 내 부엌.

뻘 1

저것 봐!
누구의 진구렁 과거인가

벌렁 세상에 드러난
도무지 덮을 수 없는 난처한 탈선인가

벌거벗었다
무슨 고백이 이리도 의뭉스러운가
차라리 삶의 늑골을 보여 주는구나
아무리 말해도 인간들이 몰라서 물을 좍 빼고
삶의 밑바닥을 보여 주는구나
물을 벗기고 무거운 갑옷으로 갈아입혔구나
저것이 삶이라면
누군가의 골수를 다 빨아먹고 저렇게 몸을 불렸을 테지
벼랑에서 뛰어내린 사랑을 말하기도 하겠구나
삶의 중간 계단에서 두 발 꺾여
차라리 하늘로 구름을 붙잡기도 하겠구나

징그럽게 달라붙어 떨어지지 않는

여자의 운명 같은

결코 연꽃이 피어나는 내세(來世) 같은 답은 없을지라도

진흙 사이사이

구름도 지나가는 아찔한 멍텅구리 슬픔을

새들도 피해 가는 것을 본다

떠나겠다는 암시조차 없이

저 홀로 마음 유서를 남긴 마지막 얼굴이 저랬을까

한번도 달달해 본 적 없는 여자 같은

살집만 서럽게 홀로 진흙으로 늙어 가는 여자 같은

곧 바닷물이 들어오려나?

뼐 2

속이 터지는구나
속이 터져 찢어지는데도
말하지 못하는
저 멍텅구리
단 한마디도 입 밖으로 나오지 않는
입김조차 덜어 내지 못하는
토해 내지도 못하는
말하려다 기어이 말하려다
찔끔 오줌만 지리고 말문은
닫히고 마는……

발등 터지고 배꼽마저 다 풀리고 입천장 폭삭 무너지고
머리끝 훤히 열리는 그 말 한마디

이 세상을 향해
널 향해

그렇게 단 한마디도 하지 못해
꾸물거리기만 하는

멍울멍울 닫힌 입술만 실룩이는

마지막 날을 묻는 애절한 표정을 보고도
모른 척 빈둥빈둥 고개 돌리는
저 막막한 땅 구름의 무표정을 보라.

풀의 목소리

이른 아침 풀을 뽑는다
내 손바닥보다 조금 큰 꽃밭에는 꽃보다 풀이 더 많다
풀은 등을 더 좋아하는지 돌아서는 순간 쑥 자라는
풀은
사납다 안면몰수다
땅의 힘이 풀의 힘인가
"히 볼테믄 히 바!"
그 당찬 목소리 내 머리채를 잡아끄는데
풀 뽑는 내 두 손을 뽑아 버리려 덤비는데
한눈파는 사이 하늘 한 번 바라보는 사이
풀은 더 크게 쑥 자란다
나에게 저런 끈질긴 옹고집이 있었더라면
그렇지…… 이렇게 살진 않았을지 몰라
으악스럽게 풀독처럼
내 두 팔을 기어이 기어오르는
저 목소리에 풀의 혈흔이 묻어 있다
내 온몸을 넘어뜨리며 덤벼드는
내 운명 같은 사나운 목소리

뒤에서 앞에서

두 발목을 잡고 통사정을 해도 놓아 주지 않던

그 끈질긴 운명 같은 천명 같은

나의 양 떼들

수심이랄까 근심이랄까 상심이랄까
아픔과 시련과 고통과 신음과 통증들은
모두 나의 양 떼들이라

나는 이 양들을 몰고 먹이를 주는 목동

헐떡이며 높은 언덕으로 더불어 오르면 나보다 먼저 가
는 양 떼들이 있지
아픔과 시련은 아슬아슬한 절벽 끝을 걷고 신음과 통
증은 목동의 등을 타고 올라
채찍질을 하기도 하지

다시 암 진단을 받았어?
무섬증과 외로움이 격투를 벌이다가 서로 껴안는 것을
본다

자 집으로 가자

어둠이 내리면 나는 양 떼들을 모으고 목에 두르고 겨

드랑에도 끼워 집에 들어가 가지런하게 함께 눕는다

　오늘을 사랑하기 위하여 양 떼들을 달래기 위하여

　내 거칠고 깡마른 생을 어루만지기 위하여.

흰빛

내 마음의 흰빛?

검은빛들은 누가 다 가져가고
흰빛이 되기까지 누가 등을 밀어냈나?

검은 것들의 무게가 시간의 무게인가
한때 마음은 붉은빛이다가 저릿저릿 타오르다가
몸의 부분마다 검은 파도가 출렁거리며
검은 폭풍이 아침 태양과 막춤이라도 추었으리

생이 검은 물을 어디로 실어 날랐는지
아무것도 남지 않은 마른 몸에 몇 가닥 흰빛이 흐릿하다

내게 흰빛 종이는 무엇인가?
흰 종이에 잡스러운 빛깔을 뿌려 종이를 괴롭힌 죄업이여
몇 가닥 흰빛으로 남아
마무리 본심을 드러내려고
머리와 눈썹까지 하얀 길을 내고 있는가

남자 숨 거두고 먹구름 사르르 다 거두고
흰빛으로 눈 감은 얼굴이 생의 빛이다
잡동사니 색깔을 뛰어넘으며 마음 버거웠으리
그때 천둥 같은 먹빛은 소리 없이 흘러내리고
마지막 빛깔로 잔잔하게 돌아온 생의 흰빛

검은 그림자는 물러서고
텅 비고 꽉 찬 생의 계산은 흰빛으로 증언한다

어둠 실하게 진한 밤 온몸으로 눈뜨고 있는 흰빛

거기로 돌아가는 길인가?

핏줄

핏줄 속에는
큰 손이 있는기라
보이지도 않으면서 화악 잡아당기는
쇠스랑 같은 손이 있다캉께

핏줄 속에는
발자국도 없이
저벅저벅 걸어와 기척 없이 몸 위에 드러눕는
뭉클한 가슴이 있는기라
그 뭉클한 가슴을 생으로 떼어 줘도 될 것 같은
아니 떼어 준 그루터기에서 비집고 나오는
새순 같은 그 질긴 생명력을
몇 배로 키워 다시 핏줄 안으로
쏴아 쏴아 내려 붓고 싶다캉께

핏줄 속에는
항시 몸비 마음비가 내려
뚝 뚝 떨어져 내려
뚝 뚝 떨어져 내릴 때마다 아파 아파 아파라

에미는 입에 들어가는 밥을 꺼내
뜨거운 화기로 뭉쳐 온몸 비비며
핏줄을 보호하려
모은 두 손이 다 닳았다 안 카드나

그래, 핏줄은 축축한기라 끈적끈적한기라
한순간도 멈추지 않는 징글징글한 기도인기라
그래서 핏줄은 푸르른 가지 속에 붉은 생명이 들어 있
능기라

니 아나?
고향도 아버지같이 핏줄인기라
아무것도 없는 곳에서 생명으로 태어난 고향
물이지만 쇠뭉치 같은 바위보다 더 무거운
그 질긴 줄을 저릿저릿한 핏줄이라 안 카드나
수세기를 흘러가는 줄
끊을 수 없는 역사라 안 카드나

피딱지처럼 붙어 있는 것들이

폐일까? 뇌일까?
척추 4, 5번 휘어진 뼈대 옆일까?
피딱지처럼 말라붙어 있는 것들이
오래 엉겨붙어 떨어지지 못한 격한 것들이
일제히 깃발을 들고 일어선다

창밖으로 펼쳐지는 단풍 든 나무들이
각자 개인 사연들을 움켜쥐고 줄지어 섰다

이렇게 통렬하게 누구의 내장을 뽑아 내었기에
이리도 붉은가
산속 나무들이 줄을 서서 홀로 웅변을 하며 내려오고
있네
온몸에 가시를 품은 밤송이 같은 선정적 앵두 빛깔의
사연들이
줄줄이 절규하며 내려오고 있네

이렇게 진한 고백을 들어 본 적 없다네
나도 모르게 척척 그 사연들 속에 몸을 내려놓고

내려놓으니 무슨 색이 되어도 좋아라
뚝 뚝 뚝 나도 떨어지는 것이 아니라 내려놓는 거지
한 백 년 피울음의 딱지를 상처 없이 살결로 돌아가도록

가볍게 가볍게
피딱지 같은 물집 상처도
모두 아프지 않게 흘러내리네.

미치고 흐느끼고 견디며

내 손을 잡고 바람이 전봇대 위를 오른다
낡고 오래된 노동자의 어깨처럼 아찔하지만 경건해
바람은 다시 통째로 나를 안고
300년 보호수 꼭대기 가지에 앉는다
나는 바람을 믿어
변함없이 나를 쓰러트리며 흔들지만 죽지 않아서 좋아
전봇대에서 고사목까지는 하늘 위에 있지
나는 바람에 안겨 바람이 되었거든
바람은 미칠 수 있지 바람은 흐느낄 수 있지
미치고 흐느끼면서 온몸을 작열하듯 부술 수 있지
그래도 흠이 생기진 않아
파르르 가슴을 쥐어 짜며 견디거든
누워만 있어도 심장에 피가 나는 나와 다르지
나는 춤추고 발광하고 몸을 산산조각 내지만
바람과 한마디를 나눈 적이 없네
그냥 하나 되어 나르지
해일같이 파도같이 나르다 전봇대에 오르지
허공 사이 하늘 사이
전봇대에서 고사목까지

나는 바람이야 바람이야 바람이야
거리 없는 영원으로 날 수도 있지

몸을 찢어 꿰맨 그 상처보다
몸 그 안에 고단하게 흐르는 피의 신음
그럼에도 불구하고 견디지
그사이 내 표정은 고요하지
그 고요?
파란만장.

쌀 한 톨을 그리다

쌀 한 톨을 그리기로 했다
밥이 아니라 마음을 먹고 그리기 시작했다
쌀은 마음의 주인

쌀 한 톨을 그리는데
쌀이 안 되고 터널이 되고 기차가 되고 먹구름이 되고
쌀 한 톨을 그리다가
쌀이 가마니가 되고 푸대가 되고 되가 되고 한주먹이
되고
몇 개의 종이가 찢어지고 늑대가 울고 몇 개의 밤이 뭉
친 어둠이 지나가고

쌀 한 톨이 보이네
쌀 한 톨 안에 우주가 보이고
내가 자란 땅이 보이고
내가 밟아 자란 흙이 꽃이 피어나는 잎들도 보이네
시든 잎 다 떨어지고 새잎이 돋아나네
들판에 허리 구부린 자연의 주인이 한 톨에 목숨이 열
리고 닫히는

희열이 보이네 노동이 만들어 가는 생명 줄
인간의 무궁무진이 보이네
와와 이 우주 안에 사람의 목구멍이 보이네 생명의 길
이 보이네
무더기가 아니라 한 알의 존중이 보이네
아름다워라 천근의 쇠뭉치보다 무거운 한 톨의 생명이
보이네

쌀 한 톨을 그렸는데 역사의 증언이 보이네
생명력이 퍼덕거리네.

종이의 울림

네 알겠습니다
네 네 다 받아들이겠습니다
온몸을 다해 귀를 세우겠습니다

몇 억 년 전에서
바로 오늘 이 시간까지 움직이는 호흡하는
생물에서 무생물까지 내 몸보다 더 큰 귀로 듣고 따르
겠습니다
그 우주의 말은 물이 되고 바람이 되고 공기가 되고
하늘을 알리고 땅을 알리고 해 달 별을 알리고
나무와 꽃을 알리고 대자연을 만들어 놓았습니다
그것을 통틀어 지금 우리 앞에 놓인 한 장의 종이는 말
합니다
거기 음악이 미술이 문학이 용솟음치며 춤추며 말하는 것
사람의 삶을 역사를
이 한 장의 종이는 말하고 있습니다

더 고요히 잠잠해져라
더 가벼이 비워라

그러면 침묵이 입을 열어 사람에게 닿지 못한 말들을 경청하게 되리

그러면 침묵이 가슴을 열고 말을 걸어올 것입니다

종이는 다시 말합니다

무뎌지는 것들이 다시 입을 열어야지요

약해지고 소망이 흐려지고 기쁨을 잃어버린

뭉툭한 연장에 푸른 날이 서도록 간절히 종이와 맞대면하면

울림 울림 울림 무뎌진

뒤틀리고 구부러진 나에게 날선 울림 파도가 스쳐 지나갈 것입니다

촛불의 통곡

하루 두 번 나는 내 심장 위에 촛불을 빌려 온다

사랑인가 명상인가 경탄인가 눈물인가 통곡인가

어둠이 막 떠나려는 시간 동쪽은 신의 명령인가

하늘 촛불을 켜고 해가 떠오른다

그 가슴 뛰는 심장의 격렬함으로 하루의 끝으로 걸어
가면

아 저기 서쪽이 불꽃으로 타오르며 이별의 촛불을 켠다

내 심장은 다시 통렬히 뛰며 춤을 춘다

붉새라고 하던가 노을이라고 하던가

누가 뺨을 쳤는가

누가 혈서라도 갈겼는가

아니 아니 사랑하는 이가 숨넘어가는 그 순간의 하늘
빛인가

동쪽은 서쪽은 다 통곡이다

관계 없음

57킬로의 노인 몸 하나에
하늘을 찌르는 통증이 살아 있어서
숨 쉬는
다만 숨 쉬는 이 크나큰 음덕 하나로
통증이 흡혈귀처럼 살아 있어서
내가 나를 토닥토닥 어르고 달래며
내가 내 등을 쓰담쓰담 쓸어내리며
몸이 확 깨어난다는 명산 위에도 눕혔다가
몸이 날아갈 것 같다는 바다 위에도 눕혔다가
내가 나를 어룽어룽 어루만지며
오늘은 와인 색 립스틱도 확 바르고
연인들이나 가 앉는 야릇한 가로수길 카페에도 앉혀 보
지만
무릎 허리 어깨
어깨 허리 무릎 발 발 발
초등학교 체조 시간에 부르던 그 이름들이
일제히 통증의 깃발을 들고 흔드네

오늘은 값이 비싸다는 힐리언스에 우쭐대며 방을 빌려

내가 내 손으로 몸에 좋다는 음식을 공손히 먹여 주는데
이 세상 아무것하고도 관계 없음

그냥 아픔.

죽음 연습

천천히 한 발 다가서거라
네 오른손에 칼이 잡혀 있어
어깨가 오그라들어 이 몸 숨고 싶구나
오늘은 어디를 자르려 드느냐
세월 재빨리 실어 나르고 나는 백지처럼 무궁하게 늙었
느니
너무 내 살을 휘젓지 마라
운명이라는 질병의 씨앗덩이만 세밀히 잘라 가거라
내 몸 성한 곳 없어
내 몸 칼자국 흉터만 곳곳에 낙관처럼 찍혔느니

오늘도
비천한 늙은 알몸 하나 수술대 위에 누웠나니
의식은 하늘을 맴돌거나 화려한 기억 속으로 누굴 찾아
가거나
"꼭꼭 숨어라 머리카락 보인다"
나는 어디에도 없고 내 몸은 뚫고 자르고 베어지고 기
우나니
어린 날 가위로 종이 한 장 막장 놀음하듯

내 몸은 의식불명의 터널 시간을 지나

동이 트네…… 해가 떠오르고 그만큼의 통증의 그릇에
내가 담기네 흔들어 흔들어 마구잡이로 흔들어
통증은 수천 개의 날개로 퍼덕이네
피의 소나기가 사람의 지붕을 사납게 두드리네
통증의 높은 음이 천장을 뚫고 하늘을 오르네

마약성 진통제 수액이
종일 내 몸 안을 적시네 수액도 아프다고 소리 지르네

연명 치료 거부
나는 내 이름을 정확하게 기록하지만……

브래지어를 푸는 밤

잠들기 전
브래지어를 풀다가 흠칫 놀란다
브래지어에도 이빨이 있는가
서리 묻은 브래지어에서 어석어석
얼음 깨무는 소리 들린다

낮에 그가 동짓달 고드름 같은 말로
내 가슴을 지나가더니
한마디로
구둣발로 지나가는 서리 찬 말도 있었거니
핏줄은 사랑이라는 이름으로
더 속 깊이 면도날 푸른 금을 긋기도 하지만

오뉴월 서리가 내 가슴에 꽝꽝 다졌다
무겁게 그 하루를 보내고
잠들기 전
브래지어를 푸는데
말의 소나기가 쏟아지더니
내 가슴이 히말라야 산등성처럼 얼음 절벽이네

> 내가 흘린 말이 어느 가슴 위로 말발굽 소리를 내면 어쩌나

꾸역꾸역 잠자리에서 무겁게 일어나 성호를 긋는 밤.

신비는 언제나 등 뒤에서

인능산 올라가 다리 아프다며 털썩 주저앉은 자리 옆
으로
졸졸졸 가는 물이 흐르고 있었다
새가 먹는 물인가 다람쥐가 먹는 물인가
손끝에 물방울을 튀기며 낙엽 사이 흐르는 물을
큰 호수 만난 듯 반가워했다

저 물 혹여 몇 억 년 전 바위가
녹아 녹아 흐르는 것일까
맨살 바위 어느 날
햇살과 바람과 나무들 잎 틀 때 그들과 눈 마주쳐
덜컥 무너져 내렸는지 몰라
두근두근 살 살 살
녹아 흐르게 되었는지 몰라

몇 억 년 지나 한 여자 노파가
그 무너지던 순간의 심장 소리를 듣게 되었는지 모르지
않니?
제아무리 노파라도

그 쇠한 심장 소리를 붙들고 울게 되는지 아무도 모르지
그 노파의 심장에 바로
그 무너지던 날의 천둥소리가 쭈그러진 살 속에 박혀
있었으니까

저 물
바위였다는 것을
무너져 본 여자는 알아듣는 것이지

인능산…… 저 산……
이 늙은 시간에 내 잠을 지키는 어머니인 줄
누가 알았겠는가?
시간이라는 것
나보다 먼저 생을 알아 졸 졸 졸 흐르는 물이 되었는가?

트롯의 밤

홀로 와인 반병을 마셨으니
나는 지금부터 미쳐도(島)에 닿는다
양(量)의 선을 넘으면 언제나 저미는 핏줄을 안고 운다

아버지는 큰 부자였지만 주색잡기로 쫄딱 망해 고향 쫓
겨나
서울 변두리 살며 누울 때도 고향 바라보며 눕는다고
했던 아버지

어느 날 술 한 잔 마시고 "고향 떠나 10년에 청춘은 늙
어어" 울던 아버지
그 눈물 아버지 피같이 내 가슴 위로 흘렀지

아버지 바람나 집에 뜸할 때 술로 배를 채우며 울어 울
어 울었던 어머니
불현듯 마당 가운데 서서 아리랑을 살 찢어지게 부르다
쓰러지는 미친 여자
그 모습 아직 나를 발광하게 만드는데

나의 성장에는 빈 공간이 없어라
누구도 볼 수 없는 공간마다 젖은 손수건이 무겁게 흔
들거려
아버지 어머니 눈물 지금까지 따라왔어라

빈 와인 병을 들고 가슴을 치며
연분홍치마가 봄바람에…… 애간장 저미는 내 노래가
방울 방울 눈물방울
'연분홍치마'를 몇 천 번을 불러도 기다리는 남자는 오
지 않고

오늘 밤도 취한 나를 두고 봄날은 간다

백담사

옥색 물너울에 묵은 미련을 던졌는데
하늘도 몸을 씻는
진한 맑음에 놀라
미련도 돌탑을 붙잡고 비틀대는 찰나
무산 스님 침묵 깨고 으흠 하는 소리에
급물살에 흔적 없이 다 떠내려갔다네
아침 공양과 함께 넘긴 묵은 수심(愁心)까지
다 떠내려가
돌아 나오는 길이 가벼웠다네

어이! 달

어떻게 여길 알았니?
북촌에서 수서에서
함께 손 잡고 걸었던 시절 지나고
소식 없이 여기 경기도 심곡동으로 숨었는데
어찌 알고 깊은 골 산그늘로 찾아오다니……

아무개 남자보다 네가 더 세심하구나
눈웃음 슬쩍 옆구리에 찔러 넣던
신사보다 네가 더 치밀하구나
늦은 밤 환한 얼굴로 이 인능산 발밑을 찾아오다니……

하긴 북촌 골목길에서 우리 속을 털었지
누구에게도 닫았던 마음을 열었지
내 등을 문지르며 달래던 벗이여

오늘은 잠시라도 하늘 터를 벗어나
내 식탁에서 아껴 둔 와인 한 잔 나누게
가장 아끼는 안주를 아낌없이 내놓겠네
마음 꽃 한 다발로 빈 의자를 채워 주길 바라네

어이! 달!

2부

공연

막이 오르고 한 여자가 서 있다

무대의 빛은 여자를 비추고 한동안 침묵이 흐른다

빛을 바라보면서 여자는 드디어 입을 여는 것일까

서서히 천천히 희미하게 몸이 너울처럼 흔들렸다

모든 관객의 눈은 그 여자에게 쏠려 있다

그 여자의 생 어디쯤일까

봄 여름 가을 겨울이 비가 되었다가 눈이 되었다가

갑자기 울부짖으며 흐느끼며 온몸이 거센 파도가 된다

침묵과 울부짖음 그리고 느린 여자의 형상뿐

막이 내렸다

> 다 알아들었는데 사실 대사는 한마디도 없었다.

오늘의 공연 1

오늘의 무대는 집 옥상입니다
두어 개 별이 관객입니다
불빛과 섞여 내리는 어둠이 관객입니다
아슬아슬 흔들리는 주변 나무들이 관객입니다
이만하면 밤하늘도 하나의 관객이 됩니다

'아베마리아'에서 '부용산' '해운대 엘리지'를 허리 꼬부
라지게 불러 댑니다 일인극도 끼어듭니다 하고 싶은 말을
저 아래 늑골이 숨겼던 말을 호소력 있게 절절히 외쳐 댑
니다

뿌연 하늘도 별도 찬바람 일으키는 바람도 가까이 바
싹 다가앉습니다 다시 '봄날은 간다'를 복장 터지게 부릅
니다 노래가 아니라 살 찢어지는 소리입니다

흩날리던 낙엽들이 울먹거리기 시작하고 별 하나도 걸
음을 헛딛어 내 발 앞에 떨어집니다 그 별 떨어지는 소리
에 개미 떼도 입에 문 먹이를 뱉어 놓고 나를 바라봅니다
명치끝에 매달린 진실은 미물까지 훌쩍이게 하는 걸까요

내 노래가 간드러지다가 큭큭 소리가 나오지 않자
별도 하늘 그림자도 함께 웃음을 터트립니다
웃음 터트리는 일도 공연 주제의 하나입니다

그래야 내일의 공연이 숙제로 남는 것이지요
내일이야말로 사무치는 내 밥벌이입니다
웃음과 눈물은 귀한 밥알들입니다
나는 일인극 무명 배우입니다.

오늘의 공연 2

오늘의 공연은 관객석입니다

예술의 전당 소극장 박정자의 일인극을 보는 관객석입니다

그녀의 걸음걸이 그녀의 말 그녀의 노래 안으로 내가 들어가지요

끓는 피가 뚝뚝 떨어지고 우두둑 내 팔들에 소름이 돋아나는

그 사이에 나의 대사와 나의 노래가 있지요

관객석에서 공연을 하는 나의 심장이 무대 위 박정자의 심장 속으로

빨려 들어갑니다

우두둑 뚝뚝 떨어지고 돋아나는 것이 오늘 공연 주제입니다

무대가 아니라도 내 공연은 계속됩니다

객석에서 터진 내 심장이 무대 위에 구르고 있네요

내 어미가 분홍빛 젊은 나를 뒤집어 입고 외마디 소리를 지릅니다

"인생이 이게 머꼬!"

나는 스무 살 나를 불러냅니다

"나는 지금 인생이란 연극을 하고 있어요"
오늘의 공연은 객석입니다 무대 위 박정자의 연기 속에
내 인생이 소스라치게 외치고 있어요
온몸의 소름을 꺽꺽 잘라 내는 중입니다.

오늘의 공연 3

내 마음 하나가 효창동 언덕으로 바람처럼 날아갑니다
오늘 공연은 효창공원 파릇파릇한 관객이 모인 자리입
니다
나는 스물두 살입니다 풍경도 사람도 봄이 한창입니다
푸른 모자를 겨우 벗고 얼굴을 내미는 풀꽃 몇 개 앞
에 나란히 앉고
눈부신 매화 몇 송이가 붉은 몸매를 드러내며 나를 바
라봅니다
바람과 어깨동무를 하며 겨울 속으로 말없이 걸어갔다
1962년의 자작시를 낭송하자
겨울 그다음 겨울이 오고 있었다 속살은 봄이었다
서투른 시 몇 줄을 낭송하는데 새의 혀 같은 어린잎이
질문을 했습니다
"겨울이 뭐예요?"
겨울을 모르면서 겨울을 뱉어 내는 시를 구겨 넣고
겨울인 것처럼 숙명여대 정문으로 날아가는 바람
나는 열아홉에 이 대문으로 처음 생을 밀어 넣었습니다

온몸이 눈물이고 핏물이었던

온몸이 열정이고 불꽃이었던

열아홉의 위기가
열아홉의 희망이 오늘의 공연입니다.

오늘의 공연 4

오늘 공연은 아그베나무 가지 위입니다

해 기울고 노을 불 켜질 때

아그베나무 가지 끝에 까치 한 마리 꺄악꺄악 노래를 부르며

시작을 알립니다

힐리언스 선마을 식당 앞에 식사 끝난 몇몇 사람들이 앉아 있습니다

내가 하나의 가지에 앉으며 인사하면 안락할미새 한 마리

꼬리를 흔들며 인사합니다

넓적호랑나비 두어 마리 기타를 치고 박새 두어 마리 트럼펫을 불고

가지 아래에는 토끼들이 장단 맞춰 뛰어다니네요

관객들은 다 아픈 사람들입니다

머리를 찢은 사람 허리를 찢은 사람 가슴을 배를 넓적 다리를 찢은 사람들

몸이 아니라 마음을 찢은 사람도 보이네요

이것도 저것도 아닌 아픔을 모르는 산새를 즐기는 사람도 오늘은 보이네요

아픔이 뭐냐고 묻는 사람 오랜만에 보는 사람입니다

다들 손뼉을 치며 노래를 부릅니다

가지 위에서 나는 한마디 대사를 합니다

"이 순간 우리는 살아 있습니다"

발까지 구르며 손뼉은 더 밝아집니다

"저 한쪽 하늘도 밝아 오네요 우리들 마음 안에도 불이 켜지고 있습니다"

갑자기 관객들은 고요해집니다 내가 실수를 했을까요?

관객들은 고요해지며 입을 닫고 서로 손을 잡고 있었던 것입니다

오늘의 공연은 흔들리는 아그베나무 가지 위입니다.

오늘의 공연 5

어깨와 어깨 사이
거리 두기의 공간에 오늘의 공연이 있어요
하늘과 바람이 춤추며 노래 부르네요
저녁 먹고 골목에서 혼자 바라보는
희미한 달과도 거리 두기 중이지요
거리 두기란 말은 아파요
사람들은 다 거리 두기를 하잖아요

강원도 해변이 택배로 도착하고
설악산 찬바람도 같은 날 배송되고
한라산 새벽 공기도 한 트럭 도착하니
나의 무대는 신의 무대가 되기도 하네요
한여름 상상이 폭죽을 터트리네요

하늘과 바람이 춤추고 밤에는 어둠도 어울리니
아 혼자 보기 아까운 공연이에요
사회적 명령이 없어도 사람들은 다 거리 두기를 해요
어깨까지 와도 마음은 눈을 동그랗게 떠요
시력 좋은 나는 보여요

마음을 보느라 마음을 놓치고
마음을 찾느라 마음을 밟아 버리는……

그 거리쯤에서 나는 불안을 입술에 물고 문을 닫고 있
네요.

바람아 너도 그 세월에 절하라

3월 칼바람이 온몸에 뿔을 달고 가네
나는 자꾸 고개를 뒤로 하네 안 된다 안 된다 하면서……
바람아 어디쯤인지 나도 모르지만 바닷가를 돌아
푸르청청 산 몇 개를 돌아…… 그래 나도 어디쯤인지 몰라
그 세월 아직 분홍빛 얼굴로 잠들어 있거나
봄나무처럼 간지러워하며 깨어나거나
나른하게 온몸에 이팝 꽃이 흐드러졌던
그 세월에는 너도 절하라
바람과 바람이 심장을 떼어 나누고
같은 맥박으로 한줄기 폭포였던
그곳은 비켜 가거라 목례라도 하고 가거라
내가 기억의 제례라도 지내고 있거든
찰나보다 더 짧은 세월의 속내를
모른 척 지나가거라 그러나 고개는 숙이고 가거라

늙은 손

천년 노동이라고 말하고 싶니?
과하다
엄살이 도를 넘었다, 수다가 심하다
아니 어리광인지 동정심 유발의 극심한 기회주의자인지

알 수 없다, 다 비뚤어진 열 손가락이
운명을 잘게 잘게 찢으며 바르르 떨고 있네
냉소적이라고 한마디 하면서 너는 또 늙는다
과장법은 폭설처럼 내리고
폭풍처럼 도시를 휩쓸지만

쪼글쪼글한 너의 언어를 누구도 이해하지 못하네
다시 너는 깊게 늙는다

당연하게 바람도 속수무책 지나가고
오는 것은 어둠뿐이지만
급정지된 한밤
낙마의 쿵 소리 하나에
긁히고 으깨어진 푸른 상처들이

생명의 이름으로 서로 껴안는다
그때 너는 또 늙는다

사랑도 소모가 심하다는 것을
늙은 손은 가는귀에게 입술을 바싹 대고 소근거린다

등짐

마음의 무게는 등으로 가는가
마음을 뚫고 등을 뚫으며 오르는 짐
한마디 의논도 없이 소리 없이 쌓이는
짐

너의 등에는 소금 몇 자루
왜 얼굴에 흐르는 눈물은 등으로 흐르는가
눈물 젖은 왕소금이 두 발을 꺾어 놓는다

너의 시는 어디서 오는가?
속내를 풀어내는
너의 마음은 손도 없이 등으로 밀어 내는지
그 무게 얼굴도 몸도 짓눌려 보인다

아픔도 등으로 가고
그리움도 등으로 가고
두려움도 등으로 가고
온갖 질병 누런 고름도 등으로 흐르고

키
꼬부라지고

이 등짐 가벼워지기 위해
한숨으로 노래로 웅얼웅얼 풀어내지만
마음으로 덜어 내는 일은 세상사처럼 어려우니

뽑아 버리자 안면몰수 밀어내 보자 다짐하지만
너무 질기다
그 다짐 또한 짐이 되어 무거워지는구나.

정사(情死)

립스틱을 바르는데 혀에 붉은 와인이 고인다

붉은 독(毒)

독을 찾아 너를 찾아
젖어도 맑게 타오르는 불꽃을 찾아
돌풍 불고 다리는 무너지고 길은 끊어지고
오늘은
험한 극지의 빙산 난파한 내 사랑의 절벽 끝에 서서
위독을 견디는 일

세상은 고요하고 으슥으슥 돌산 같은 얼음이 뭉텅뭉텅
내린다

멀고 먼 북극점에 너와 나의 숨결 소리가 거기서 뚝 멎
었다.

내가 혼자 걷는다구요?

여름 저녁 끼니를 때우고
산책의 이름으로 골목길을 걷노라면 이웃 할머니가 묻는다
"혼자 가세요?"
고개를 끄덕이며 돌아서서 나는 말한다

아닙니다 혼자라니요
저기 저 내 두루마기 같은
인능산의 푸르청청 나무와 하늘의 저 화려한 구름의 집과
저 신비한 구름들의 음악회와
동네 개 짖는 인사 소리와
이웃집마다 피어 놓은 탈리아 능소화 수국 배롱나무 꽃들과
멀리 보이는 서울 공항의 활주로와
비스듬히 내리는 비행기와
아침나절 읽은 책들의 귓속말과
어제 한꺼번에 내게 도착한 시인의 시집들과

골목 옆 밭에 자라는

대파 토마토 깻잎 늙은 상추 고추 고구마 호박 옥수수
들과

젖먹이들이 더듬는 어머니 가슴처럼 풀어헤친 다정한
밭들의

고단한 생명이

마지막 한 알 남은 붉은 열매를 물끄러미 바라보는 이
속 깊은 경전을

동네 골목에 더불어 사는

300년이 지난 노거수의 정정한 검푸르른 나뭇잎이

내게 천년 종소리를 내며 가슴을 쓸어내리고

수려헌(秀麗軒) 심심제(深心濟) 심현제(深賢濟) 여경당(餘
慶堂)

적선지가 필유여경(積善之家 必有餘慶)의 긴 울림이

천년 에밀레 종소리로 동네를 천 바퀴를 돌고 도는데

마음을 다잡으며 고요로운 걸음으로 나가면

인릉산이 두 팔 벌린 어머니처럼 내 앞에 서 계시는데

내가 혼자 걷는다고?
'깊은 골' 옛 지명을 어깨에 메고
심곡동의 새 목소리로 동네에 산까치들이 들고 나는데
아름다워라
고회지가(高會之家)는 내 생의 마지막 주소
딸 사위 손주들과 저녁 여명을 두루 더불어 바라보나니
이 복된 여생에서 누구를 미워할 것인가
아프지만 살아 있어서 이것만이 노후 복으로 무엇에 비
길 것인가

'저물다'라는 말이 저물다

2020년의 나날을 잊겠어요?

문을 닫고 얼굴을 가리고 홀로 창밖만 바라보는
그 사람이 여자이건 남자이건……

혼돈과 의심과 경악에 시든
죽음의 경계선에 몰려 길을 잃은 사람들
빛을 접고 고요히
가장 낮은 그늘로 자신을 데려다 놓고도
불안한 소음에 시달리는
그 사람이 어린이이건 어른이건……

한해의 마지막 문이 한 발짝 앞에 놓여 있으니
저 문 밖에는 청량한 나라가 있겠지요
와락 껴안아도 되는 사랑이 있겠지요
팔짱을 끼고 더불어 노래를 부르는
그대가 마시던 술잔을 내가 마셔도 되는

저 문 밖에는……

너무너무

나는 잘 넘어져요 비틀비틀 쓰러져요
뼈에 금이 가요 치명적인 나의 춤은 너울거려요
내 몸이 내 혼이 기댈 곳을 잃어버렸나 봐요
춤이 애절하게 곡선을 그려요
허우적거리는 허공에는 손잡이가 없어요
연분홍 유혹이 굳은살처럼 말라 가고 있다는 것을
칼칼한 날의 풀죽은 빛이 더듬거리며 말하고 있어요

붕대가 나를 감고 내가 아니라 지팡이가 서지요
뼈가 흐느끼는 걸 너무 많이 들었어요
너무 너무 너무 너무 너무 너무
축축한 감정의 그림자들 애무의 근육 좍 빠지고
올 풀린 겉살이 흔들거려요 속살도 애잔하게 바람으로
풀어져요
너무 너무 너무 너무 너무
말을 삼키고 언어를 지우고 넘치는 바다가 가라앉고
깊고 울창한 침묵만 숨을 쉬네요

나는 너무 과한 여자였어요

허공 한 줌에 파닥거리는 생

허공 한 줌을 주워 올린다
가벼웠는데 점점 무게를 느끼게 하는 빈 주먹

그래 살아 보니 안 보이는 것이
얼마나 가슴을 쓸어내렸나
안 보이는 것이 얼마나 발등을 찍어 내렸나

내 뼛속에 내 살 속에 내 핏속에
꿈틀거리며 난장으로 살아 내려 발버둥치는
소리 소리 소리

허공 한 줌 주웠다가
후딱 손을 터니 내 생이 홀렁 비워지는구나
비웠다고 생각하는 그 빈손에 찰거머리처럼 붙어 있는
아직은 살아 있는 생

작은 조각일지 몰라도
너무 할 말이 많고 너무 쓸 것이 많다는
그냥 손 털고 비 맞고 서 있는 오후

보이지는 않는데
무진장이라

고요하게 아무것도 스치지 않는
느낌으로 조여 오는 파닥거리는 이 무엇

광야

텅 비었지만 꽉 차 있다

외롭거든 광야로 나가라

이도 저도 잘 풀리지 않으면

광야로 나가라

마음속의 현란한 도시를 철거하고

진정한 마음 찌그러져 눌려 있는

그 자리에 동이 터 오는 광야를 만나라

아무것도 가르쳐 주지 않는 무지한 광야에서 무릎 꿇으면

이도 저도 답이 없는 생의 중턱에 서서

너는 너는

> 광야와 함께 광야가 되어

텅 빈 공허를 잡고 공허가 되는 광야가 되거라

오늘 나의 고요가 숨 쉬었다

오늘 나의 고요는 조금 더 넓고 딱딱해 보인다
네가 던져 놓은 고요까지 서로 엉겨
덩어리가 되어 뭉쳐 있을까

멍텅구리가 아니라 나름 이유 있을 것
귀를 막고 소리를 막는 고요를
막무가내 안으로만 스며드는 고요를
둔감하게 굳어 가는 고요를

침묵의 독성에 너무 길들여져
독의 힘까지 다 내려놓은 고요와 사는 일은
가늘게 발발 떨면서 깊은 숨소리까지 삼키는 고요는
하나의 존재 내 일상의 뚜렷한 존재
네가 어디선가 일상의 조각들을 플라스틱처럼 발길로
차면
시공처럼 내 삶의 공간에 가득차서
보이지 않는 너의 생각들과 손짓들이
내 고요를 충전시키는 내밀한 대화를
나는 누구에게도 뱉지 않는다 해서 고요는 더 깊어진다

> 나도 때로 묵묵부답인 고요를
플라스틱처럼 발길질해 보고 싶지만
나의 희생정신은 날로 무거워지는 고요를 모시듯 받아
안는다
면도날을 그어도 아무 소리가 없다
그 고요의 내면에 쌓인
아무도 받아 주지 않는 나의 혹은 너의 말

오늘 나의 고요가 숨 쉬었다.

자장가 그 바람 교향곡

자장 자장 자장
집 앞 인릉산 능선이 사뿐히 내려와
날 어루만지며 토닥토닥

서울 공항 활주로 열어 주던 바람이
대왕 판교로를 지나 숨 고르고 내 어깨에 손 얹고
자장 자장 자장

머리맡 읽다가 덮어 둔 시 구절들이
이마에서 턱까지 미끄러지며
자아장 자아장

별이며 또 별이 반달이 다시 반달이
고요한 나뭇가지며 풀들이
어우러지며 포개지며 노래 부르네

잠은 침대 밑에 넣어 두고

새벽이 올 때까지

나는 그들의 숨소리를 빠르게 적었고
바람은 지상에 없는 절대 교향곡을 그리고 아침이 왔다.

연둣빛

바람인가 땅심의 흔들림인가
마구 나부끼는 떨림은?

흔들림의 결 떨림의 운율로 생의 그늘을
연주하는

으드득 부러진 생의 비명들도 잡아 주는
흔들림과 떨림의 균형

그 순간의 빛

신록에서 녹음으로

그래그래
단풍으로 낙엽으로

시간이 얼고 녹고

겨울을 건너온 결의로 의지로

오늘
내 손톱 밑에서 생명 순을 내미는 연둣빛

두근두근

잠을 깨는 눈 살아나는 가슴속
억만 개의 연둣빛이 뭉쳐
한 닢 초록 너울로 흐르는
흔들림의 결 떨림의 운율로 태어나는
순간, 이 찰나여

푸른 잎 하나

완전히 벗은 몸으로
다만 푸른 잎 하나 들고
수술대 위에 누웠습니다
다 버렸지만
푸른 잎 하나는 손에 꽉 쥐고 있었습니다
전신 마취에 나는 사라지고
내 몸에서 삼겹살 일 인분쯤 칼에 잘려
나갔습니다
내가 가장 아끼던 부위의 살이었습니다
반으로 절개된 살점은
얼마나 그리움에 진저리를 칠 것인가요
따뜻한 입술이 그리운 곳에
피로 범벅된 낭자한 칼들과 바늘이 놀았습니다
그러나
나는 푸른 잎 하나를 그대로 들고
수술대 위에서 회복실로
다시 입원실 침대로 그리고
집으로 돌아왔습니다
온몸에서 푸른 잎 하나가

이미 자녀들처럼 온몸을 덮어
나는 아무것도 잃은 것 없이
절개된 인생에서 깨어나고 있습니다

손을 잡는다

여기까지 오셨습니까?

가파른 산을 내려왔는지 숨 헐떡이는
너의 손을 잡는다

발끝이 열리고
봄 뿌리가 솟구쳐 땅 위로
생명을 내밀듯
그런 역동의 리듬으로 온몸이 살아나는
이 우주 안에 하나밖에 없는
너의 손을 잡는다

어르렁거리는 위험한 동물 같은 바닷결이
너의 손을 잡는 순간
순한 새싹 같은 고운 결로
나를 일으키는
무지개의 손

지금 막 피어오르는 새잎을 잡으니

우주의 배꼽이 손안으로 들어온다

아 네 여기까지 오셨습니까?

마음을 채우는 이 있어

그대 언 땅을 걸어 칼바람 목에 두르고 겨울을 걸어왔나

헛헛한 마음
가는 바람에도 흔들거렸는데
남은 시간 손뼘으로 재며 입술이 떨리기도 했는데
마음은 차츰 줄어 자꾸 작아지기도 했는데
비쩍 마른 공간 때때로 눈물이 흘러 살얼음이 돌기도
했는데

누가 오셨기에
이리 내 마음이 펴지며 커지며 꽉 차는 건지요
나 아프단 소식 듣고
언 땅도 풀어 버리고 한달음에 달려온 봄이여!

3부

금이 가네

아휴
여기 금이 가네

금이 간다는 것은
끝이라는 말은 아니야
아주 깨어진 것도 아니야

언제부터일까
좌르륵 좌르륵 고요한 소리로 가다가
좌아악 금이 내처럼 흐르네
그 소리 내게 들리지 않았네

아침 오고 밤 오고
그래 그렇게 시간이 흘렀어
시간은 아직도 건강하네

금이 가고 있네
이 균열 이 찢어짐
뺨을 내리치고 싶은 처절한 악연일까

악다구니로 뒹굴고 있는
치열하게 지루하고 미워하며 놓지 못하는
저주 같은

아앗! 손에 든 핸드백을 탁 떨구는
네? 네? 그 병명(病名)이 맞나요?

삶은 금이 가네
나는 듣지 못하네

육손을 사랑한다

첫 시집 축하한다고 아이 아빠가 사 준 만년필

비싼 것이라고 백번도 더 말한 그 만년필

나도 늙었고 만년필도 늙었다

그는 죽고 비싼 것이라는 말은 남아 있지만

사랑한다고 내가 말하는 만년필

오늘 내 여섯째 손가락으로 내 몸속으로 쑤욱 들어왔
다 받아들였다

오늘을 삭이다

입 밖으로 불꽃 덩어리가 튀어나올 때가 있다

어디다 뱉을 것인가

차라리 꿀꺽 내가 화상을 입는 게 편하다

그건 화풀이가 아니라

한을 풀어내는 일

두덜과 버럭을 버리고

숨죽이는 오늘

끙끙거리며

부당해도 말씀을 따르려고

온순함의 선을 따르려고

> 부글부글 끓는

매운 오늘을 삭이다 알약 하나를 찾는 중이다

눈비 뒤섞이는 말

삶이라는 말에는 가짜 진주알들이 뚝뚝 떨어져 내린다
나는 그것을 꽃잎 줍듯

  곱게 주워 올려 기우는 해의 그늘에 널어놓는다

  노후에는 상처의 껍질을 벗겨 속울음 담을 잔을 만들
어야 하지

  석삼년 묵은 발효의 울음을 밤새 끌고 가 새벽빛 미소
로 갈아입어야 하지

  서러움을 이슬이라 부르고 아침 햇살의 입에 넣어 주어
야 해

  떨어지는 한 올 울음 끝을 자력으로 홀랑 마셔 버려야 해

  입에 화상을 입더라도 서러움은 나누는 것이 아니지

  폭풍과 폭우가 목을 누르면 얼음 폭설이 낭자히 쏟아져

﹀ 사랑하던 비와 눈이 위로가 아니라 위협으로 변해 버리
니까

어디 어디 어느 문을 두드려야 하나

가만가만 내 혀로 천년 고독을 핥으며 잠재워야만 하는
거지

그럼 그렇게 홀로

그렇게 홀로

청파동의 11월

징글벨 징글벨
아주 작은 가게에서도 흘러 나오고
싸늘한 바람이 효창공원에서 뭉텅뭉텅 불어오는
1963년 11월의 청파동엔
제 눈물을 밟는 발자국이 찐득거렸다
스물두 살 그리고 스물세 살의 가슴은 칼을 대지 않았
는데
피 흘렀다 아팠다
겨울이 짙고 빈 나뭇가지가 흔들리는 밤
슬픔이 무엇인지 외로움이 무엇인지
세월이 무엇인지도 모르고
하늘의 허공을 가슴에다 무작정 쌓아 후후 불며 울었던
땅 위에서도 절벽처럼 위태로웠던
아찔한 청춘
슬픔을 천배를 키워 펄럭이며 문학이라고 시라고
그 어떤 죄도 짓지 못하고 그냥 울기만 했던
11월의 청파동
자취방의 불은 밤새 꺼지지 않았다

원추리와 능소화의 힘으로

무릎이 아픈데도 조금은 절룩거리면서
50분을 걸었다
무슨 힘으로?
추억의 힘으로

원추리가 아침 노을을 이야기하고
능소화가 여름 이야기를 줄줄이 타고 오르며
저녁 노을의 극점에서
숨을 몰아쉬는
원추리 한 송이 손에 쥐었는데 가슴에서 피어나고
능소화 주황빛 손길은
덮은 생의 그늘을 찬란하게 살아 나르게 하고
빛으로 솟구쳐 오르게 하고
마흔 속으로 젊은 열기 속으로
나른하게 완결의 미소를 날리며 걷고 있네
딱 50분이 아니라 그 이상
추억이라는 한 사람이
하늘의 힘으로 뜨겁게 손 잡아 주고……

마음에게

너무 먼 길이라
처음부터 뛰면 안 될 거야
첫발부터 천천히
아주 천천히 조심스레 가야 할 거야

방향은 잡았어
목표는 단 하나야
목표에는 자석이 붙어 있나 봐
내 몸이 그쪽으로만 끌려가고 있어

내 것이면서 한 번도 볼 수 없었던
만지지도 못했던 것

거기가 어딘지
이 길이 왜 이렇게 굴곡이 심한가
물샘이라도 터졌나 왜 이리 질은가

한 발짝 한 발짝
거기가 어딘지 가긴 가야 한다네

너무 멀다고 돌아서지는 말아야 해
나를 자석처럼 끌어 대는
내 마음을 위해

사라지는 몸

그대 가고 팔이 하나 잘렸어

당신 가고 다시 팔이 하나 잘려 나갔지

네가 가고 두 다리가 다 잘려 나갔어

자기가 가고 심장도 다 달아나 버렸어

너네들 다 가고 애간장도 다 녹고

다 가고

다들 가고

우루루 가고

나는 사라지고 없었어

부활?

나에겐 없었어

사방 갈 곳이 없고

팔방 아득아득

생애 단 한 번의 초대

유난히 값이 비싸지만 너무 황홀한 은쟁반을 바라봅니다

그가 내 초대에 응한다면 내 모든 걸 팔아 저 은쟁반을
사고 싶습니다

진실과 집중에 진실과 열정에 생을 바친 그대를 모실
수만 있다면

단 하룻밤 꼬박 시대를 초월한 대화를 나눌 수만 있다면

그럴 수만 있다면

인간에 대해 진실에 대해 죽음에 대해

마음의 옷을 홀랑 벗고 그대와 알마음으로 내 속을 털
어 낼 수만 있다면

내가 본 가장 화려하고 아름다운 저 은쟁반에

산을 기어올라 내가 손수 딴 오디며 버찌며 앵두 알을 담아서

그대 입에 내가 넣어 주겠는데 말입니다

그대여! 시인이여! 황진이여!

그대 진실을 비유할 가장 위대한 시심을 찾지 못하는

이 시대의 늙은 시인이 그대를 그리워합니다

느리게 빠르게

자정 너머 어둠은 아주 느리게 걸어왔을 것이다
새벽 금 너머 밝음 속으로 나와 그때부터 너의 걸음은
빨랐을 것이다
나를 깊은 잠에서 깨웠다

잎은 나무 안에서 조심스럽게 걸음이 느렸을 것이다
잎이라는 이름으로 세상으로 나오면서
너의 걸음은 신록으로 녹음으로 거세게 빨라졌을 것이다
나의 눈을 뜨게 했다

나에게 도착하기까지 너의 걸음은
느리게 빠르게 그 두 가지였다
네가 오지 않으면 나는 아무것도 의미를 만들지 못했
을 것이다
너를 만나면서 말문이 트이고 두 손을 머리 위로 올릴
줄 알았다
머리가 높은 나무 끝에 다달아 뛰었다
넓이와 높이를 알게 했다
그것이 영원인 줄 알았다

빠르게 빠르게……
너무 빠르게 세월을 끌고
너는 네가 온 곳으로 사라져 버렸다
장난인 줄 알았다
세상에는 장난이 느리게 빠르게 지나간다

계절은 빈자리를 만든다

낮은 물소리

졸졸 편안한 속삭임이 흐르네
아무렇지도 않게 새어 나오는
흥얼거리는 듯
혼잣말 같은 낮은 목소리

물의 등짝에는
우둘투둘한 호령이 냅다 등짝을 치는
백팔 계단의 돌벼랑에 뼈를 뚫고 있는 것을 아무도 모
르지
턱턱 꽝꽝
뼈가 패이는 고통 위에 피어나는 간지러운 물의 꽃잎들
다만 등짝은 등짝에게 맡기고
싱그런 잎새같이 너풀너풀 흐르는 시냇물

낮은 소리 아래에는 광풍이 있지
꾸욱 누르고 견디는 힘 안으로 솟는 맑은 소리
뼈가 패일 때마다 물의 등짝에 십자가를 긋는

그대 목소리가 멀어졌다

산티아고를 향해 걷고 있나요?

피레네 산맥을 넘어 넘어 콤포스텔라 성당을 향해 걷고
있나요?

열 발가락 물집 터지고 터진 발가락 다시 불나고 또 터
지고

그래도 또 걷고 걷고 걷고 다시 걷고 있나요?

얼굴엔 눈물 범벅 짜디짠 강이 넘치고

눈만은 부릅뜨고 성당을 향해 폭풍도 막지 못하는

그대 눈빛이 보이네 그렇게 어느 지상에 있을 것이라고
나는 믿네

내 주변은 아주 고요해요 그대 목소리가 멀어졌어요

그대 순례는 너무 멀어서 나에겐 들리지 않아요

아침 햇살 줄기에게 슬며시 듣긴 했지만

간절하게 두 손 모아 묵주 기도를 하며 걷고 있다고

그대 가족 이름 하나에 묵주 알 백 개를 굴리며 걷고
있다고

우리 동네 인릉산이 귀뜸해 주었는데

거기가 제아무리 멀어도 그대 목소리가 들리지 않다니

누가 들었다는 사람이 없으니

"나 아프다고" 했는데 아무 소리가 없다니……
굽은 손가락 불쌍하다고 쯧쯧 동정의 눈을 감던 그대
아닌가
  그래도 나는 그대가 산티아고의 평원을 평야를 언덕을
걸어가고 있다고 믿어요
  어느 하늘 아래 홀로 걷고 있을 그대 아주 작아진
  가시 끝 같은 외로움은 보이네
  그 외로움 시로 적고 있는 성자 같은 모습도 보이네
  생의 한 계절 등이 무거웠던 세월이 꽃피어
  생의 두어 계절 꿈들이 겨울에도 꽃피더니

  빈 몸으로 어딜 그렇게 오래 걷고 있는가
  예수님 발등을 만졌으면 이제 돌아와야지
  가방을 다시 꾸려서 살던 동네로 돌아와야지

  그대 배낭의 잡동사니 이미 다 버리고 쪼들림 고통 후
회 질병도 다 버리고

지금 들고 있는 묵주만 목에 두르고

그곳에서도 큰소리 지르며 지르며 그 정 깊은 소리 여
기까지 울리게 하라

종철아!

낙상(落傷) 푸념

넘어진 것이 처음은 아닙니다
미끄러져 부러진 곳도 여기저기입니다
몸을 떠난 생이라는 것도 흠집투성이지요
부러진 흔적들을 안아 주느라 하루가 갑니다

그런데 또?

씩씩한 어깨도 아니고
따뜻한 손도 아니고
목발이라는 거 짚고 다니는 꼴이
도무지 잘라 내야만 하는 영화 한 장면 같은데

말 안 되는 것이 자꾸 늘어
답 없는 것들이 자꾸 쌓여
확 불질러 놓고 넘어가는 노을이나 멍하니 바라보고 있
노라면
밤이 오곤 합니다
아무 쓸모없는 밤이 오곤 합니다

겪어 내야만 하는 것이

어느 인생에선 너무 과하다 싶은데

이 짐을 또 누구에게 던지겠는지요

밤을 질경질경 씹으며 목발이나 한번 집어 던져 보곤
합니다.

늦은 밤 혼자

붉은 술과 흰 술을 앞에 놓고
붉은 이야기와 흰 이야기를 앞에 놓고
창밖 어둠을 앞에 놓고
가능한 좀 멀리 있는 어둠도 불러다 놓고
작은 촛불 하나를 켠다

술은 술이고 어둠은 어둠이고 촛불은 촛불인데
왜 이렇게 이야기가 많은가

입안에 부었지만 발가락이 저리다
술은 흡인력이 좋아
두어 잔에도 내 일생이 출렁이며 달려오고
하다못해 청춘을 쏟아 버린 내력까지
엉금엉금 기어오고 있다

술은 왜 기억력이 좋은가
스쳐 지나간 목소리
바람의 이름으로 생의 골목을 걸어가던 발자국 소리
늘 여기에서 배가 아파 오는 절벽의 아찔함

만나지도 않고 헤어지기만 했던 인연들이
목을 타고 가슴 쪽으로 흘러내린다

몸이 없고 꺼진 촛불이 울음을 그치면
빈 술병 하나가 나뒹굴고 있는 저것은 누구인가
아침은 오고
속이 텅 빈 술병처럼 여기는 어딘가

저 타오르는 노을 속으로 스며 재가 되리

타오르는 노을을 바라보며 말했다
저 타오르는 저녁 노을 속으로 스며 재가 되리
그러나 그는 태양이 떠오른 아침에 눈을 감았다

나는 하늘의 빛이 그를 불러 하늘로 갔다고 말한다
노을이건 태양이건 모두 빛이 아니던가
아마도 한동네라고 나는 빛을 바라보며 말한다

그가 노을 속으로 먼 여행을 떠나고
그가 남긴 추억의 선물은 바로 그 노을이다
사계절은 그 맵시가 서로 달라도 타오르는 노을은
같은 몸이라 그대와 같은 몸이라
손길의 온도와 목소리는 같은 몸이라

나는 그대가 몸 하나를 남기고 떠났다고 말한다
나도 딱 그 시간에 간다고 말하지만
노을이건 태양이건 다 그대 같은 몸이라
아침이건 저녁이건 그대 같은 몸이라
때로 어느 날은

노을이 너무 진하게 붉고 활활 타오르는 불길 같아서
혼자 바라보는 일은 죄업이라

어이할까 행여 그대 울음인가 소스라치지만
어쩌면 그래 그럴지도
내 울음을 그대가 안아 울음 뭉치가 더 컸는지 그것은
몰라

오늘 저 불길 같은 노을은 그대 맑은 손으로 와서
내 두 손을 잡고 살살 닦아 주다가
아! 하는 순간 내 손이 불길이 되자 날 두고 홀로 가 버
렸네.

지금도 무서운 저 산

개울을 건너면서
아 무서워! 했다

학교 언덕을 오르면서도
아 무서워! 했다

무섭지 않을 나이 스무 살에도
다들 올라가는 도봉산을
아 무서워! 절절매며 꼴찌로 올라갔다

서른 살 너머 서른의 산 산 산
물도 흙도 자갈도 바위도 아닌
이 세상 거친 것들 다 섞은 생의 산 산 산
산불을 뒤집는 광풍과 폭우 거치지 않는
땅까지 뒤집는 천둥 요란하여

귀먹고 눈 먹고 마음까지 다 섞어 먹고
하얗게 늙은 갈대 한 자루
뒤돌아보면 다 산인데 건너온 산일 뿐인데

아 무서워
온몸을 뒤흔드는 아찔함

아아 무서워……

혀 닳아 말도 나오지 않는
벙어리의 말 없는 해가 기울고

산도 나무도 없는 빈 땅
사람의 그림자도 보이지 않는 빈집
건너온 산보다 더 무서운
빈 공간이 더욱 납작해지는 적막.

그리운 목월 아부지

비 죽죽 오는 오늘 같은 날
원효로 버스를 타고 싶다
바람 무지하게 부는 오늘 같은 날
원효로 버스에서 내리고 싶다
마음도 몸도 억세게 아픈 날
원효로 골목길 그 집의 대문을 열고 싶다
신군 아이가?
그 부드럽고 다정한 목소리로 앓는 몸을 덮고 싶다
싱겁고 구수한 메밀묵을 안주로
소주 한잔 하고 싶다
발렌타인 30년 들고 가
선생님께 권하고 싶다
이런 술도 있었나?
놀라며 반기는 그 미소를 만나고 싶다
참말로 조타아
이별 맛도 아이고 사랑 맛도 아이고……
시 맛입니까?
한 병 더 마셔 봐야 알것다 참말 조타아아
가슴 쓸어내리는 그 목소리 마시고 싶다

금방 아련히 취할 것 같다
내 눈물 그 뺨에 문지르고 싶다
원효로 2층
어젯밤 쓴 시라시며 읽어 주시던
오늘 밤 쓰는 것이 대표작이라 하시던 그 목소리 붙잡고
'봄날이 간다'를 부르고 싶다
때로 하느님도 선생님으로 부르는 내 어리광이 덧나
오늘은 선생님을 아부지 아부지 하고 부르고 싶다
아부지이 ── 목월 아부지이 ──

4부

붉은 그림자

정량에서 조금 모자란 피를 가지고
골다공증의 뼈를 가진 여자는
사실 두뇌도 조금 모자라는 것으로 안다

친구도 돈도 빠듯하다는 소문인데
여자는 풍성한 햇살과 저녁 어스름을 좋아하고
아침 저녁 청색 어둠이 세상을 덮으면
넘치는 기쁨으로 세상 부자가 되기도 하는데
그 여자 이름은 열정이다

정오의 그림자가
그 여자의 숨은 날개처럼 바닥에 내리면
사람들은 외로운 회색 그림자라고 하지만
여자의 그림자는 온통 붉은색이다
피가 그림자로 흐르고 뼈의 진액이 그림자로 흐르고
두뇌의 세밀한 선들이 그림자로 흘러내리고
벅찬 감정들의 뭉텅이 살들이 그림자로 흘러내리고
뭉얼뭉얼 뭉친 말들이 그림자로 흘러내리고
얼굴에는 우울이 통통 부은 눈깔이 그림자로 흘러내리고

웃음도 환희도 흘러내리고

제아무리 그림자라고 해도
그 여자의 그림자가 회색일 수가 없다
빛나고 윤기 나는 붉은 그림자는 눈이 부셔서 햇살인
듯하고
그의 몸은 비어 가더라도
그림자는 그 여자의 몸에서 이동한 또 하나의 그 여자다
그 여자의 이름은 열정이다

어느 날은 그 여자 그림자가 그 여자를 떠나
한남대교 아래나 반포대교 아래에 서 있기도 하는데
그 여자는 넘쳐나는 것들이 많아 그림자가 멀어져도
그 여자의 그림자는 붉은색으로 어둠 속에서도 형형
했다
비록 힘을 다 잃어 가는 낡은 다리를 가졌지만
선천적으로 벅찬 감동의 심장은 그녀의 자산이었지만
부족하고 모자라고 없는 그 여자 어깨의 힘
한때 굵은 가시가 돋았던 그 어깨

운명이라고 속삭이며 심장 하나로 세상을 번쩍 들었던
어깨의 힘은
　세월 속에 녹아 들었는데

　그래서 그 여자 이름은 딱 한 자로 열(熱)이 사라지고
'정(情)'이 되었다

가을 직지사

새벽 5시
천불전(千佛殿) 여명을 가르며 뜰 거닐다

개운한 공기를 한입 들이마시니
옥수에 몸 담그듯 청량해

한순간에 요령껏 다 가지려
맑은 공기며 새소리며 엷은 청색 어둠이며
주머니에 가득 담기 시작했는데
지나간 저녁까지 다가올 저녁까지
다 담았는데

서울 와 보니 나도 부처인지
대웅전 뜨락에 다 두고 왔다.

힘

해 기우는 쪽으로
새 한 마리 서서히 날아가고 있다

해 기우는 쪽으로
새 한 마리 더 서서히 날아가고 있다

태양이 지상에 널린 제 그림자를 끌고
붉은 발자국을 남기며 산을 넘고 있다

어둠은 태양의 또 다른 이름으로 지상을 덮고
산을 넘는 태양의 뒷모습을 밀어 주고 있다

새와 태양의 간격 아득하지만
새 넘어간 자리로 태양 넘어간다

태양을 끄는 힘
신을 몸에 모신 작은 새 한 마리.

생명 피어나다

억겁의 다시 억겁의 시간 속에
빛도 들 수 없는
까마득한 지하 어둠 속
몇 만 몇 억 년의 세월을 입 닫고
바람 한 점도 들 수 없는 침묵의
단단한 돌 속 고요 극지에
형벌의 생명 갇혀 있었다 하자

그 생명 외마디 비명 질렀을지 몰라
옆에 있지만 너무 멀어
우리는 돌의 울음소리 듣지 못했다 하자
사랑하는 여자를 버렸나
죽어서도 죽지 못하는 그 갸륵한 이마에
신의 입술 닿았다 하자

지상에는 봄이 왔다고 하자
지상의 봄은 그렇게 속죄를 벗는
침묵의 살 한 겹씩
벗겨 내며 꽃피는 것이라 했다 하자

꽃으로 피어났다 지는 외출증을
신은 그에게 허락하였다 하자

봄이 오는 이유라고 그렇게 생각하자.

파도 그 질긴

할아버지 그 할아버지 그 위로 550대
다시 그 위로 550대
반드시 전하라고 다짐한 집안 내력이라도 있었던가

저렇게 허옇게 온몸을 부서지면서 달려와 모랫길에서
되돌아가는
허연 깃발의 상징

처음엔 거대한 돌덩이였을까
돌덩이처럼 무거운 말이었을까
부서지고 다시 다시 부서져 그 몇 억 년에 살살이 풀어
헤쳐진 물이 되었을까

인간들아 그래도 알아듣지 못하는 인간들아

철석대며 돌아서는 파도에는 오랜 시간이 핏물이 삭여
져 녹은
하얗게 빛바랜 말 말 말

파도 소리가 아니라 파도의 말?

오늘도 끝내 인간들의 무표정 앞에
돌아서고야 마는 파란만장

때로는 폭풍이라는 이름으로 육지까지 덮어 인간들의
집까지 부셔 놓아도
다시 멀쩡하게 고쳐 놓고 귀는 한 번쯤 문지르고 마는

인간들아 그래도 알아듣지 못하는 인간들아

바로 나?

틈

촘촘한 발가락 사이 물집 짓고 사는 그 양반 난 본 적 없다
잠든 사이에도 날 잠 못 들게 강하게 부르는데 나는 득득 긁는데
긁다 보면 그 물집 주인은 피를 부르는데
정신을 홀딱 뺏겨 버리는데 나의 어디에 무엇이 헐거워져
발가락부터 점점 먹어 가면서 서서히 나를 쓰러트리려 하는 것인지
내 어디에 무엇이 헐거워져 피가 밖으로 흐르는지
다 빠져나가고 나가고 나가는 것인지

틈 있다
틈은 빈터를 먹고
몸을 헐겁게 만들고
그렇지 빈터에는 내가 키운 악귀가 산다

나를 먹는 자여!
너의 느린 식사가 나의 죽음이다.

138

3월

새잎 간지럽게 내미는 나뭇가지 위로
푸르청청 하늘 파시시 눈부시다
나는 가슴을 열었다
구정물이 돌다 돌다 딱지 앉은 가슴
발바닥이 쩡 울리도록 봄 재채기를 했으니
가슴 속 이물질들 다 토해졌으리

얼음 속 찬바람에도 어김없이 돋은 저 봄의 혀끝
여린 새싹 찬바람에 에일까 생명이 하르르 떨고 있구나

밤새 가슴 뜯어도 실마리를 못 찾는 마음아
상처 한가운데 솟은 저 모진 생명의 태초를
핏물 고인 마음 가운데 한 번쯤 비춰라도 보거라

신달자

이름은 그 사람인가?
이름은 그 사람의 소망인가?

때로는 상점의 이름도 사람과 같아서
사랑과 안정과 돈이 풍성해지도록
간절히 비는 마음으로 작명을 한다지?

어느 상점은 자전거 가게인데
상호가 '신달자'다
신나게 달리는 자전거라는 뜻이다
어느 지인에게 들은 말이다
어느 지인에게 다시 들은 말은
어느 밥집이 신달자라고 일러 주었다
신맛 달달한 맛 자연스러운 맛이란다

내 이름 걸고 다 부자가 되면 좋겠지만
어딘가 거북하다
어느 날 신달자가 신달자라는 밥집 앞에 서 있다가
민망하고 머리가 어수선해서

되돌아왔다

신달자 팔자가 곱지 않아서
저들은 그렇게 되지 말라고 기도하면서
집으로 돌아오는데

한 남자에게 문자가 왔다
'신선하고 달달한 여자 자주 만나자'

내 이름은 차라리 신바람이면 좋겠다
사람들이 나만 보면 노래하고 춤추고 싶은
머뭇거리던 발길을 힘차게 내딛는
의지의 탄력을 밀어젖히는

신바람 달달한 바람 자연스러운 바람?

혹시 모르잖아요?

무지개는 아름답기도 하고
딱 한마디로 마음을 이야기할 줄도 아는
교감이 쉬운 대상이지요

그런데
중언부언하는 들판을 나는 좋아해요
종일 마음을 나누어도 잘 알아듣지 못하는

어물거리는 들판의 가슴을 꽉 쳐 버리면 좋겠는데
어디가 가슴인지도
혹 날 좋다고 하는지도 몰라서

그 바람잡이 같은 들판의
묵묵부답의 귀만 살짝 잡아당겨요

시간이 가는지 안 가는지
그 넓은 가슴으로 천둥도 폭설도 폭우도
다 받아들이면서

귓속말은 너무 사무치는지
가는 시간이 너무 야속한지

꿰맨 상처도 터질 듯한 달밤에
온몸으로 달빛을 그득 담고는

에게게
겨우 자신의 무표정만 시리도록 바라보라 하네요.

제주의 발가락을 보다

1월에도 제주에는 움트더라
1월에도 제주에는 꽃피더라
1월에도 제주에는 활짝 핀 꽃들이 파도 소리를 듣더라

이쯤은 제주의 발가락 하나 보는 것이라고
제주 사람이 말했지만

겨울 속의 샛노란 움이
한 늙은 여자의 등짝에 솟은 좁쌀 건기의 가려움같이
손 닿지 않는 아아 가려움같이

그냥 몸을 흔들어 나는 아아 마른 젖도 함께 흔들다가
이상타 바라보는 낮달과 눈 마주쳤네.

'홀로'라는 이름으로 하루를 꽉 채웠다

어떻게?
봄이니까

무슨 일?
여름이니까

지낼 만해?
가을이니까

무슨 힘으로?
겨울이니까

홀로 꽉 채우고도 겨드랑 사이로 비집고 흘러 나왔다니

까……

어디까지 밤인가?

어디까지 밤인가?

너에게로 달려가다 더는 못 가는 지점 그곳을 밤이라 하자

어느 곳을 아침이라 하는가?

너를 향해 깊은 어둠의 밤에 발이 빠지며 달려가는 곳이 아침이다

산을 두어 개 넘고

마른 계곡물을 쓰다듬으며 갈증을 부비며 달려가는 곳

밤도 아침도 아닌 눈발 날리는 거리다

안개 무리 속에 날 처박아도 너 있는 곳은 멀고 아득하다

너는 이 세상을 추월하고 있는가

어느 세상을 초월하고 있는가

나에게 그저 존재의 신비이고자 하느냐

새로 날아가 본다

날개 찢기는 순간까지 가고자 내 의지는 다시 심장을 갈아 끼웠다

어디까지 새벽인가. 어둠의 가루가 두 발에서 떨어져 내

리니

　동이 터 오려나 저녁이라고 했느냐

　아침과 밤과 새벽과 저녁이 뭉쳐 한순간을 만들어 날
날게 하네

　그 한순간 너는 빛으로 터져 얼룩도 없이 사라졌다

　너는 그 어디에도 있고

　그 어디에도 머문 적이 없다고 쓴다

　나 어느 날 가루되어 저 허공에 흩뿌려질 때

　거기서 부딪치려나

　그러면 아침이 올까 그 순간이 별 빛나는 밤이 될까

　나 살아 홀로 걷는 이 길에는

　아침도 밤도 없다 이 시간을 던져 그 줄을 잡고

　네가 걸어올 길이 어딘지 종일 더듬기만 하는……

저 마른 깃발 나무의 숲

오래되었다
우리가 손에 힘주며 심은
저 평화의 깃발 나무
평화라고 이름 지은 깃발의 숲을 세운 지 오래되었다
사람들은 싹을 기다리고 녹음을 기다리고
그리고 평화의 그늘을
그리고 평화의 열매를 기다려 왔다

너무 높은 곳에 그것은 있다
평화를 깃발에 새겨
저 높은 공중에 펄럭이게 한 지 오래되었다
가끔 그 바람이 평화가 되었다
바람의 평화가 우리들 가슴을 쓸고 지나가기도 했다
평화 너무 높은 곳에 있다
평화 그 이름은 불러도 너무 멀리 있다
우리가 목말라 그를 부르면
그는 바람 속에서 귀가 먹먹해
우리 목소리를 듣지 못한다
그는 높은 곳에서 쌩쌩 외롭다

그래서 오늘 우리는
두 손을 합쳐 저 높은 곳의 평화를
공손히 우리들 가슴 안으로 내려 품으려 한다
낮게 그리고 나란히 서서
우리 한반도 산천의 해 질 무렵
다정히 마을로 내려오는 산 그림자 같은 평화
마른 깃발의 숲을 밀고
우리들 정신의 굳건한 뚝심을
그 평화의 싹을 한마음으로
이 산천 어디에나 돋게 하려 한다
드디어 열매를 맺으려 한다
우리 그렇게 하려 한다

대리 폭행

아 네 거기서 네 네 조금만 더 가세요
조금만 더 가서 왼쪽으로 돌자마자 우회전
직진해서 바로 계단 내려오면
그렇죠 다시 좌회전 다시 우회전 몇 발짝 직진하면……
네 네 바로 거기 거기 네 네 네 바로 거기에
나를 통과하는 화살이 박혀 있어요 보이지는 않아요
소리도 없어요
사람의 힘으로는 막지 못한다는 소문이 있어요
나는 그를 두려워해요
네 그것을 힘차게 그러나 아무도 모르게 흔적 없이 치
세요
내 힘으로는 어쩌지 못하는
그렇죠 높이 쳐든 그 돌칼로 내리치세요
햇볕을 부르는데 먹장구름이 떼를 몰아
사정없이 날 이끌어 간다는 그 운명을.

추격자

너 울고 있지?

우락부락한 눈으로 다그치며 큰 손 하나가 따라온다
어둠 속에 묻으려는 혼자의 비밀을 따라온다
눈물 강 몇 천 개를 짙은 화장으로 덧칠하려는 미궁을
따라온다

나는 아니야! 나는 아니야!

너무 화장이 진했다.
핏빛 립스틱에서 붉은 물이 흘러내리는 것이 주범이다

슬픔이 없다고 고통도 없다고 외로움은 더욱 아니라고
그렇지요 불행이 뭐더라
색칠을 하고 거리를 활보하는 너를 내 손으로 잡으리라
사납고 성난 손이 소리친다

나는 아니야! 나는 아니야!

목구멍으로 넘치는 분노를 질질 세상 밖으로 흘리면서
딱 잡아떼고 아니라고 부르짖는 입은
네 네 네
진실을 말하고 싶어 한다

붉은 립스틱을 지운다

미궁과 가면을 벗는다.

육신이라는 집

내가 나를 떠나
너무 많은 타향을 떠돌았지

다 주고도 눈물만 받았던 수많은 객지들

지금 돌아오니
대문 삐거덕거리고
기둥 삭아 내릴 듯 위태롭네
겉보다 속이 옴팡지게 상해 있네

밤새 신음 소리 들리지만
내가 나를 껴안고 소스라치네
내가 나를 어루만지며
낡은 육신 껴안고
그래도 계절의 신비 다 느끼며
남은 생명을 가장 귀한 깨끗한 자리에
놓아두고
내가 내 손으로 쓰다듬으며
나, 나에게 노래 불러 주네.

영랑호 저녁 7시

입추 지나 막 더위가 주춤한
영랑호 저녁 7시
서쪽 해 기울고 해 그림자
하늘을 태우는 불이 막 지나가고
엷은 청색 어둠이 호수 위를 막 덮어 오고

잔잔한 물무늬가 청색을 업고 말을 걸어오네
이 풍경만 봐도 나 살아 낸 값이 되리라 생각하네

하늘도 설악도 먼 울산바위 그림자도
물속으로 아스라이 잠기고
청색 어둠 위를 여름이 가는지 가을이 오는지
다만 보이는 것은 내 가슴을 지난 시간이
둥둥 물무늬를 그리네

알 듯 모를 듯 물무늬가 커져 가네.

한복이여! 드높은 하늘의 축복이여!

저 광화문의 처마를 보아라

미끄러지는 듯 내려오다 살짝 올라간 기와집 처마는

한국의 아름다움의 극치며 절창이니라

기와집 처마와 한복의 버선코는

이 세상에는 없는 자존이며 예술이며 정신이더라

결코 누더기가 아니며 결코 비겁함이 아니며 결코 욕심

이 아닌

재치와 웃음과 넉넉함과 오롯한 한국의 고집이더라

고운 동정의 흰 매무새와 짧은 저고리와 넓은 어깨 능

선과

반원의 팔의 어여쁜 선이여 선이여 우아한 백조여

대한민국의 민족성 그 으뜸은 넉넉함이니라

우주가 그 안에 통째로 생명을 관장하는 치마폭을 보

아라

곱게 차려입은 여인은 한 채의 고귀한 한옥이더라

한국의 뚜렷한 정신 정신 정신이더라

하늘과 땅 그 안의 공간의 신비와 해와 별과 달과 바람

과 구름이

하늘과 땅 그 안의 공간과 신비와 해와 별과 달과 바람
과 구름이 되는 것은
세상사의 모든 이치
바로 한복이 가진 바늘땀 속으로 이어진 역사의 흐름
이 모두 하늘과 땅의 그 공간 같은
아득하고 유려한 너와 나의 어우러진 한복 속에서 태어
났느니라
그 모두를 하나로 압축한 은유가 바로 한복이거늘

치마끈으로 가슴은 단단히 묶고 치마폭은 세상사 으뜸
넉넉함으로 품어 주는 생명의 집이려니
바다와 산을 품으랴
달빛과 별빛을 품으랴
너울너울 순하게 흘러가는 우리 삶의 터전에서
따뜻함을 중히 여기는 한복의 정신으로
우리 오늘도 함께 웃으며 옆 사람의 흠을 다독이며
주저앉는 사람은 일으켜 세우며 힘내라 힘내라 토닥거
리며
오늘을 내일을 살아내야지

한가위 보름달 아래 무엇을 해야 하느냐
미운털도 고운 털도 모두 용서하고 사랑하고 사랑해야지
한복은 사람의 심성을 인격을 지성을 영성까지를 다 보듬어
강강수월래를 돌며 사랑해야 하지 않느냐
우리의 땀으로 영글어진 밥상을 물리고 서로 손잡고
주먹을 불끈 쥐며 한국의 내일도 영글어 갈 일이다

한복을 입고 선 여인네여
그대는 내 어머니요 내 할머니요
내 청자빛 희망의 고향이니라
대한민국의 강하면서 곧은 자세이니라
세계의 여성 그 품의 생명터이니라
한복이여! 드높은 하늘의 축복이여!
한복이여! 드높은 하늘의 축복이여!

기억이 날 못 본 체하면

늙는 것은 굳어 버린다는 뜻인가요?
어제가 굳고 기억이 굳어 가고
10분 전 통화한 사람의 이름이 굳어 가고……

젤리 하나를 입안에 넣는다
말랑말랑하다는 말을 씹으며
달콤함의 맛을 빨아들이며
어제를 풀고 기억을 풀고 10분 전 통화한 사람의 이름
을 풀고……

"그것은 아닙니다"

의사도 그 이름은 말하기 어색한지 "그것"이라고 하며
우리는 어색하게 웃는다

웃은 것을 기억 못해서 다시 웃는다
아침이 오고 저녁이 오는 이 찬란함 속에서
굳은 것이 풀리는지 풀린 것이 굳어 가는지
나를 기억 속에 확 풀어놓는데

기억은 삶의 부분들로 퍼즐처럼 이어져 있는데

몰라…… 아무것도 모르겠어

시간은 나와 머문 적이 없네 스쳐 지나가는 내 마음속
구름이여
조금씩 굳어 가는 내 구름을 아스라이 껴안는다
기억이 날 못 본 척하더라도 나는 그 기억을 따라가며
왼손과 오른손이 서로 부비며 굳어 가는 그리움을 껴
안는다

내 기억의 신랑이여!

첫날밤처럼 좋은 것이었나 나쁜 것이었나
아련한 모습을 한 베개에 함께 묻었던
그 모호함을 한 이불로 덮어 버렸던……

기억의 싹이 돋으리라.

늙은 여자의 바느질

과거를 좌아악 펴 놓고 가위질을 하는 거지
눈짐작으로도 가볍게 머릿속의 디자인이 그려지고
손은 머리의 이야기를 따라
묵은 세월과 까마득한 세월들이 손잡고 그리워하던 디
자인을
찾아가는 거야 너무 쉽게 디자인이 나오네

버려야 할 골목들이 너무 많아 벌써 디자인된 모양보다
버려야 할 밤과 새벽들이 상자마다
가득하네

어머나 이렇게 생이란 것도 필요한 것만 두고 버릴 수
있는 것이네
바느질을 잘하면
늙은 만큼 그만큼 너스레가 능란하거든

뭐든 너무 잘하는 일은 슬픈 거야
생을 이렇게 우수하게 오려 낼 수 있다니
순전히 손바느질로 뒤틀린 두 손으로만……

> 손 매듭이 다 무너져 삐뚤어진 간절함의 머리를 숙이며 숙이며

꼼꼼히 손바느질로 젖은 곳을 피해 디자인을 그리네

비뚤어진 손보다 생은 몇 천 배 더 삐뚤어진걸

늙은 노파의 손이라도 손작업은 비싸다네

그럼 징그럽지만 생은 싸구려는 아니니까

이 생을 한번쯤 오려 내려면 생의 바느질로 두 손이 다 녹아 버리겠네

아차 보기 흉하다고 내 손도 오려 버리진 않았나?

제발 여자여 그러지는 말게.

귓속말로 하고 싶은 말이지만 오늘은 큰맘 먹고 말을 하네

생은 오려지지도 버려지지도 않아

못생겨도 귀하다네……

딩 동 댕 살점이 운다

저 놀은 고모나 이모쯤으로 불러야 할까
어머니나 아버지는 너무 직설적이야
우렁차게 울어 젖히는 저 놀을 보기만 하면
두 손을 가슴에 모으고 고성을 지르는 습관은
그렇지 피에서 온 것이야

지그시 떨림을 누르며 직설법이 아니라 비유법으로 그
렇지……
이모나 고모쯤으로…… 조금 멀리 떨어져
스스로의 생을 더듬거려 보는 거지
내 몸 안으로 생명의 출발이 살 흐름으로 왔다가
피 흘림으로 사라진 그 기억
온몸이 피 돌음으로 충전되던 그 기억
그래 놀은 그 경악의 살점인지 몰라
두 손을 높이 들며 환호하며 우는 놀

저 노을 놀 놀
이 지상에서는 찾을 수 없는 그림자의 이름을 불러
한 백 년쯤 되면 저렇게 노을로 빙긋이 웃으며 나타나

는 건가

　불이 되어 불꽃이 되어 저렇게 다시 마지막을 타오르며
지나가는 건가

　어쩌다 소스라치게 놀을 보면

　아버지 어머니가 아니라 심드렁한 이모나 고모쯤으로
지나가려 하는데

　딩 동 댕 내 살점이 운다.

민주주의

속옷 한 벌 벗어 주면 되겠느냐

손가락 하나 잘라 주면 되겠느냐

미얀마 시인 켓 띠처럼 심장을 도려 주면 되겠느냐*

센 풀 먹인 조선 광목 한 필을

한밤 내내 다듬이질로 두들겨

깡 고집 왕 뻣뻣하게시리

뽀얀 막걸리 빛으로 되살리면 되겠느냐

그렇게 백번 몸 바치면 되겠느냐

민주주의

자유민주주의.

* 미얀마 군사 쿠테타 이후 반군부 활동을 하던 미얀마 시인 켓 띠가 무
장 군인에 끌려갔다가 장기 하나 없는 시신으로 돌아왔다.

살을 덮는 방법으로

아름다웠다. 생명의 연속은 자연과 사람으로부터. 아름다웠다. 아름다웠다. 미치도록…… 그리고 공허했다. 텅텅 비어 갔다. 미치도록…… 미치도록의 연속. 아무것도 남지 않았다. 그래서 흐느꼈다. 흐느끼고 흐느꼈다. 아름다움의 무게만큼 공허의 무게만큼 흐느끼면서 흐느끼면서 나는 늙었다. 그 모든 것 다음은 견디는 순서다. 인간의 한계를 넘어서도록 견디는 수업은 길고 길었다. 왜 인간이 늙느냐고? 견디느라. 견디고 견디고 견디느라…….

멍텅구리처럼 캄캄하게 돌처럼 굳어 있던 생명들이 겨울을 벗어나면서 말이 너무 많아졌다. 털썩 심장마저 주저앉게 하는 노오란 새싹부터 힘이 들어가 있는 새파란 잎

까지 참았던 말을 뻗어 내는가 싶더니, 오 무엇을 향한 줄기인가. 봄 뜰에는 내가 다가서지 못한 지혜의 수다가 가득가득하다. 생명의 아우성들이다.

저 현란한 비유법들이 와 와 소리를 지르며 사람들에게 일어서라고 말하고 있다. 예쁘다 아름답다 빛난다 그렇게 말하라고, 어서 말하라고 저희들이 먼저 떠들어댄다.

뒷산에서도 아직은 명료하지 않은 고백들을 수시로 바람에 날려 보낸다. 결국 혼자 마음대로 말할 수 없는 세상이다. 이 세상의 모든 존재는 야생의 생각을 보탠다. 나 혼자 저지른 일은 하나도 없다. 방해이면서 구원일 것이다. 나는 감사하며 하늘이 땅이 바람이 내 마음의 문을 여는 것을 방치한다. 은밀히 받아들인다. 아마도 흐려지지도 지워지지도 않을 것이다. 내 빈 지혜의 공간에는 나보다 더 차원이 높은 동참자의 견해가 많으리라.

그런 동참으로 극빈자의 지혜로도 지금껏 살아 내는 일이 조금은 쉬웠으리라.

사랑은 소모적인 것인가. 사랑한 만큼 나는 행복하지 않았다. 사랑은 자기보호의 목도리 하나만큼도 되지 못했다. 콧물을 닦는 손수건 하나도 되지 못했다. 사랑을 상처로 바꿔 말한다면 온겨울을 덮는 이불보다 더 넓고 크다. 나는 미약하므로 나는 표현 미숙자이므로 나는 표현 미달자이므로 나는 스스로 약자이므로 사랑을 주고 상처를 받았다. 말하자면 사랑에 대해 단 한 번도 제대로 말하지 못했다. 상처도 선물일 것이다.

그래서 너무 상처를 앞세우며 과다한 눈물을 보인 건 아닐까. 나는 늘 뜨거웠고 발은 시렸다. 언제나 감기에 걸려 있었고 온몸은 떨었다. 기침은 떠나질 않았다. 아 추위! 아마도 이 말을 가장 많이 하고 살았던 것 같다.

돈이 생기면 내의를 사는 버릇이 있다. 아직 포장도 뜯지 않은 내의가 많다. 내의를 보면 안심이 된다. 따뜻한 손 같다. 내의만 한 손을 만난 적이 없다. 이만큼의 보호막이 없는 것이다. 내가 나를 어루만진다. 자위는 순전히 추위를 막는 보호제다. 아 추위! 이 말은 내가 늙는 동안 가장 많이 한 말이다. 그래서 내의가 장갑이 목도리가 두꺼운 코트가 나의 시가 되었다.

나는 추웠으므로 몸에 껴입는 것이 많다. 하늘빛, 달과 별의 그림자까지. 바람도 하나의 옷으로 생각한다. 꽃의 향기는 늘 삼키는 버릇이 있다. 적어도 내게는 후각이 아니다. 내 몸에 오래 저장되는 방법으로 살을 덮는 방법으로 바꾸어 나간다.

그러므로 내 몸 내 마음 안에 저장되는 모든 것들은 내 시의 바탕이 될 것이다. 가장 오래 가는 것은 배설조차 되지 않는 것은 생의 소금 맛이다. 그 소금도 나는 저장시킨다. 추위에 도움이 될 것이다.

추위에는 역설적으로 더 큰 추위가 필요하다. 온기만이 보호제가 아니라 지금보다 더 큰 추위가 추위의 보호제가 되기도 했던 것이다. 헉헉대며 더 낑낑대며 이기리라 이기리라 덤비며 싸우던 그 마음의 열기로 손톱만큼 추위를 이겨 냈을까.

나는 희망을 좋아했다. 희망은 내일의 하고 싶은 일을 꿈꾸는 일이다. 꿈꾸는 일은 즐거움이다. 그 즐거움은 오늘 이 시간의 고통 아픔 상처를 이겨 내는 진통제이기도 하다. 즐거움으로 진통제가 된다면 그보다 좋을 순 없을 것이다. 그러나 진통에서 끝나면 안 된다. 진통을 끌고 가서라도 치유에 도달하는 일에 적극적이어야 한다. 더 좋은 일은 희망을 좋아하는 만큼 그 희망을 넘어서려는 도전을 좋아하는 일이다.

'그만큼에서 조금만 더'라는 치유 약은 내일의 하고 싶은 일을 위해 두 발에 힘을 투여하는 일이다. 감정 근육을 키워 정서적 의지를 다스리는 일은 생을 키워 가는 한 그릇의 밥이었다. 고봉으로 가득 담은 하얀 쌀밥 같은 행복이기도 했다.

그 밥은 내 식으로 말하면 바로 현실을 뛰어넘는 영성을 좇는 일이었다. 좋아한다는 것은 좋아하는 주변의 모든 일을 감수해야만 하는 것이었다. 순응 없는 성장은 없었으므로.

실패의 뒷수습은 쉽지 않았다. 뒷수습의 자리는 살이 터지고 따가운 염료가 부풀고 가시 조각이 가득해서 두 손은 이내 피투성이가 되기 십상이었다. 그렇다고 중단할 수 없는 것이 바로 생의 연습이었다. 멋있고 근사하게 프로답게 살아 본 기억은 없다. 늘 서툴고 뒤틀리고 손에 든 것을 놓치고 넘어지고 혼자 감동하고 벌벌 떨고 변변치 못한 순간과 영원이 고여 있는 삶이었다.

굴욕이 가면을 쓰고 슬금슬금 내 옆으로 다가왔지만 내가 모멸차게 그 가면을 벗기고 굴욕 그 자체를 내 얼굴로 받아 살았으므로 나는 그 모든 것과 대면할 수 있었을 것이다. '있을 것이다'라는 그 마음 준비가 넘어진 내 손을 붙들고 일어서게 하는 역동적 힘이었으니까.

영혼의 친화력, 고통의 동거자가 내내 내 안에서 힘을 불려 주었던 것이다. 시는 과거도 미래도 아니고 그날 그 시간에 반드시 필요한 동력자였으며 내 일상의 정신적 빛이었다. 창 사이로 가늘게 스미는 빛살무늬 그것이 나의 시였는지 모른다.

올해로 등단한 지 59년이다. 여기까지 오는 동안 협력자가 많았다. 물론 사람이 가장 먼저겠지만 하늘도 나무도 새들도 바람도 비도 눈도 꽃도 나비도 새벽의 여명도 노을 지는 붉은 하늘도 나의 응원자들이다.

시를 버리지 못한 것은 이 모든 선물들이 날 떠나지 않았기 때문일 것이다. 영하 20도의 얼음도 풀리는 노랫소리로 들으니 응원가다. 무엇을 감사하지 않으리.

지은이 신달자

1943년 경남 거창에서 태어났다.
1964년 《여상》 여류신인문학상 수상으로
등단했고 1972년 박목월 시인 추천으로
《현대문학》을 통해 재등단했다.
『열애』, 『종이』, 『북촌』 등 다수의 시집이 있다.
정지용문학상, 대산문학상, 서정시문학상,
만해대상, 석정시문학상 등을 수상했다.
한국시인협회 회장을 역임했으며,
은관문화훈장을 수훈했다.
대한민국예술원 회원이다.

전쟁과 평화가 있는 내 부엌

1판 1쇄 펴냄 2023년 4월 7일
1판 2쇄 펴냄 2023년 6월 14일

지은이 신달자
발행인 박근섭, 박상준
펴낸곳 (주)민음사

출판등록 1966. 5.19. (제16-490호)
서울특별시 강남구 도산대로1길 62(신사동)
강남출판문화센터 5층 (06027)
대표전화 02-515-2000 / 팩시밀리 02-515-2007
www.minumsa.com

ⓒ 신달자, 2023. Printed in Seoul, Korea

ISBN 978-89-374-0931-8
      978-89-374-0802-1 (세트)

* 잘못 만들어진 책은 구입처에서 교환해 드립니다.

민음의 시

민음의 시
목록